JN140077

乾いたパレット

山田 泉 歌集

六花書林

乾いたパレット ＊ 目次

I

装画　著　者
装幀　真田幸治

乾いたパレット

I

空へ消えゆく

諍い後に母の差し出すプレゼント金の小花の舞う香水瓶

「草競馬」のメロディーはずませて雑踏から清掃車あらわれる

高層階のプールに浮けばゆったりと窓を覗いてゆく飛行船

雲水の立つかたわらに宝くじ買う人の列伸びてゆきたり

女形と女装の違いの実演に静まり見つむ文化フォーラム

大統領当選祝いにふさわしい迫力ある蘭われに届きぬ

迷いつつ四箱千円の苺買う二日遅れのわが誕生日

薔薇園に花を愛でいる人々の誰もが地上より空へ消えゆく

老舗家具屋閉店セールのチラシには「店員以外全て売ります」

「今日は母の日、お母さん好きなもの食べましょう」と店内放送は

立ちたるまま「旧約聖書入門」を読む人運ぶ通勤快速

独り

猛暑にも礼儀正しく作業する職人ありて日本を支う

後遺症かかえし人かモップ揺らし拭き清めゆく朝の地下街

地下街の茶房の狭き調理場は初老のコックが独りで仕切る

弁当を四人の息子に食べさせる夫婦のしあわせ公園に見る

よさこいを踊る楽しさ連帯感ひとり一人は孤独を生きる

朝はジュース昼は学食夜ファミレス教授の僧侶はさらりと話す

金色の蓋の目薬とりだしてラッシュの車内で目にさす男

十六階集会室より月三度男声コーラス響く夕闇

歌を詠みコーラス楽しむ我となり「おや、まあ。」という天の声聴こゆ

訴えは相手のありて意味をなす独り居なれば「痛む」と言わず

日暮れがた

朝焼けの新宿ビル街正面に見ながら走る今日の始まり

ジャガイモの切り方かえて子午線のごと切る朝に迷いは消えた

カーテンの裾を二センチつめたれば豊かな安堵部屋に満ちたり

職辞して七年の日々過ぎ去りぬシンビジュームに七つの花芽

欲しい物もう前籠がいっぱいで買わずに帰るあきらめもある

積極的平和主義という積極的戦争主義　桜は満開

税務署の申告終えて帰る道　葬儀準備のお寺を過ぎる

文庫本読みつつ蕎麦を食う男の力なき頰父と似ており

日暮れがた職人帰りし塀のそと大型梯子残されており

夜間飛行

満開の桜花ついばむ鵯の囀りをきく朝のジョギング

立ちながら朝食をとる作業員　春雨けむるコンビニの外

三方に薔薇の生け垣香る家の主と話す初めての朝

黒御影の墓誌を洗えば黄緑のバッタの子どもは触角ゆらす

長髪のイスラエル人「どの国も大変」と語りて我の眼を見る

甘夏のサラダを作る指先に〈♪カリフォルニアの青い空〉流る

十文字に切り込みいれて甘夏の皮ひらく朝　我が身むきたし

梅雨空の渋谷の街の夕間暮れ映画観たれば満ちたりてきぬ

若者の尻の札入れふくらみて「盗まれるよ」と下車ぎわに伝う

雨あがり梔子香る帰りみち夜間飛行の点滅見あぐ

めまい

梅雨の夜に激しいめまいに襲われてすべてが回り立つことできず

九日目めまい吐き気は遠のけりただそれだけで極楽浄土

痛み止め効いてるときは写生せし子規の心情身近に想う

車椅子の母を押す人　雲流れゆく青空をうしろに連れて

人間は立派なるものと思うまじ　暗き水面にひらく睡蓮

雨に濡れて朝顔のはがき届きたりやさしき人の退職挨拶

まっ黒き地球を照らすスーパームーン目を逸らさずに夜道を曲がる

職人の長距離運転ねぎらえば「いつもやってる」と素の顔見せる

電話ボックス

手袋の人差し指に穴あきて繕う夜の冬のゆたかさ

声明のうねる歌声グレゴリオ聖歌に似たり　宙のぼりゆく

絵を描きて一日終えたる冬の夜もの落つる音屋根より聞こゆ

進みゆくコンテナ船は巨大なる戦艦のごと　悲しみを積む

新聞の折り方変わり配達の御苦労想う都会の大雪

全国の給水塔を追いかけてレンズを覗く男に出会う

交通違反取締りされゆくさまが茶房二階の窓越しに見ゆ

歌会を去りし仲間に出会いたり是非と誘わるる英語サークル

指名する美容師木村優貴は元気かな　四月になりて姿のあらず

住宅は小公園に姿かえ電話ボックスひっそりと建つ

帰る道

補助輪のとれぬ自転車こぐ少女の菜の花畑は表紙絵の中

変わり種のシクラメン描きて三日目にまだ描き込めると知りつつ終える

五年ごと更新したる免許証の顔の変化に愕然とする

余命短き友と語りて帰るみち君の勧めるチーズパン買う

暮れなずむ細き庭にもジャスミンの今年の香り我を励ます

ネイティブな英語で言い合いする声の往来より聞こゆる夕月夜

「山笑う」「ご笑納ください」幼子の我に教えき真っすぐな母

ショッピングモールにバイオリンの演奏始まりぬ旅にでたような日曜の午後

レシートにふ・う・わ・り・ぼ・う・やと印字あり　九州北部に集中豪雨

道祖神に朱きめがねの置かれおり苔やわらかに春雨のふる

高齢の職人夫婦に友禅の染め絵を習う応募者われは

「ここで降りて」バス運転手のジェスチャーにのっそり席立つ異国の男

コンサートはねれば雨の降る夜道を独りで帰る人の多さよ

勤務校

卒業式場のピアノに書かれし落書きを野川先生独り消しおり

「なぜ登る。すぐ下りるのに」と問う子らを連れて榛名山移動教室

「泥だんご、あずかってぇ」と我の手に託して子らは授業へむかう

下校時の校舎に流れしやすらぎの曲は懺悔のアリアと知りぬ

「震災時は遺体安置所に」校長は頼みに来たり我が図工室

美しく聡明なりし教え子の「もがいています」とのたよりが届く

四分一《しぶいち》は銀と銅との合金なり　四分一君がクラスにいたな

卒業生は袴姿に十五名　歴史を閉じる板橋第九小学校

六十三名の在校生はひとりずつ「在校証書」を壇上にもらう

旧職員のなつかしき顔に再会す　学校存続運動に協力せしが

忘れられぬ最初と最後の勤務校は大東京に姿を消しぬ

千年杉

茶碗蒸しのこぼれた汁を丁寧に拭いつづける厨房の外国人《ひと》

炎天下の道路工事は昼になり老作業員コンビニへ向かう

大型船の行き交う浦賀水道をながめつつ待つ丘のレストラン

豆明月の見えない吐息を聴きたくて双眼鏡の焦点あわす

若武者を演じる男の耳たぶにはずしたピアスの三つのくぼみ

「おはよう！」と幼なじみの清くん高齢なるも仕事へ向かう

ジムのあと元気わきいで遠出する町はサンフランシスコに似てくる

冬の日を家に過ごせば走りたしシューズ履きかえ方角きめる

ラジオ深夜便のテネシーワルツに目覚めたりうまかりし歌手江利チエミよ

香取神宮千年杉の幼木のころ源氏物語の書かれたるらし

閉店の紙

月の夜　建設中の三階に居残る大工の電ノコの唸り

大東京のほぼ中心の我が家にてうぐいす聴こゆすぐそばにいる

ほがらかな外国人作業員の私語やまず日本の親方無言にたたずむ

せわしなく爪をやすりで研ぐ女《ひと》がエスカレーターに運ばれてゆく

一年中造花の蔓薔薇ゆれている廃墟のごときミシン店過ぐ

東京港のきらめく夜景に目を凝らしレインボーブリッジ歩いて渡る

「俺だけど…」そのあと途切れ呼吸音　留守電を聴く雨の夕暮れ

洗面台にかそけきものの落つる音は奥歯の何かとれた瞬間

隠れ処の茶房へ来れば二十一年の感謝をしるす閉店の紙

夜の更けて窓辺に満月みておればピザ配達の爆音が行く

片側は湿り気のある高き塀の小径ぬけると海ひらけたり

オットセイの群れと見まがうサーファーの黒き頭が高波に浮く

貨物船

「ザ・ピーナッツ」双子のデュエット上手かりき日出代、月子を父愛しけり

ベッドサイドのわが手作りの白き棚ねむりの前に夜な夜な眺む

ガスＯＫ！　戸締りすめば蛇口より「いってらっしゃい」一滴落ちる

放置自転車に来てくれし警察官の荒れたる唇　夜勤明けらし

ゆうまぐれ警報音をききながら遮断機あがる時を待ちおり

白抜きの「寿」の文字ほんのりと林檎がならぶ銀座地下街

お悔やみの手紙二通を書いた夜ＬＩＮＥに淡く雪ふりはじむ

晴れわたる城南島沖　正月の貨物船五隻まどろむばかり

七福神巡りのみくじは「末吉」なり　蕎麦うまければこれで充分

返却日せまり夢中に読みたる本　終わり近きにこの本にあらず

海　よ

冬日さす霊園ゆけば「やすらぎ」と彫りたる石の多きに気づく

モーツァルトの手書きの楽譜うかびくる　受験ノートの茂吉の筆跡

鉄道博物館　二首

床きしむクモハ40に思い出すアコーディオン弾く傷痍軍人

貴婦人は汽笛を三度《みたび》鳴らしたり五つの和音銀河へひびく

「百歳まで三十二本でいけそう！」と歯科医は笑う　すべて我の歯

赤ちゃんを誉めればカメラ頼まれて見知らぬ家族を笑顔にうつす

原っぱを双子の幼がかけてくる　そろいのスカートふうわりゆらし

ガラス瓶のラベルを剥がしやすくした無名研究者の手柄ほめたし

玄米ともち麦いれて米を研ぐ　♪「フィンランディア」のアルト歌って

「人生は冥途に行くまでの暇つぶし」誰が言ったか　夕日の燃える

今してること想うこととの連なりが終われば我の生涯か　海よ

敗戦

米軍機の若きパイロットの顔見えて駅舎に伏せたと母語る夏

子を置きて牝馬は乳をたらしつつ供出されたと母より聞けり

桜咲く公園によくぞ残したり「飛燕」隠しし掩体壕《えんたいごう》を

「弟の亡き骸背負い火葬待つ少年」の写真を全世界、見よ

同時刻全国一斉シュプレヒコール小雨にけむる戦争法案

原発を再稼働させ戦争を手伝うと決めた神の住む国

Ⅱ　東日本大震災

姉妹の住む宮城県山元町に父の退職後家を建て、三十六年間、東京と二重生活をしていた母は、震災にあう。その間、家族も休暇には東京より出かけ滞在した。

白鳥の群れ

震災に母を亡くしし悲しみは間欠泉のごと吹き返すのか

震災後の航空写真に我が家あり母との想い出波が消し去る

塀一面ジャスミンの花咲き誇り津波に逝きし母に見せたし

ここは先月母と歩みしアーケード渋谷の街で涙あふるる

ロシア語のテキスト送る習慣も終わりぬ震災に母失いて

十五夜に生まれたからと聞かされし母の名は明るい月の「明《あき》」

この店の地下の売り場へ降りるときメロン選びし母浮かびくる

津波にて逝きたる母の準備よく整えいたる防災リュック

そっと見る待ち受け画面の雪の庭あの日の母に会える気がして

常磐線車輌きしませ進みゆく音は苦しむ人の声に似て

被災地の爪痕残す溜池に白く浮かぶは白鳥の群れ

十七日目の朝

船上にドボルザークの「新世界より」をながし母の望みし散骨をせり

亡き母のベンチ寄贈せし公園へ独り来たりて母と語りぬ

悲しみは抱えていこうぷくぷくと蟹が吐き出す泡抱くように

「最後まで楽しく生きよう」被災地の子らが吐き出す心の書道

無くしたと思いしままに逝きし母のキャッシュカードは寝具の下に

宮城県警音楽隊のパレードは「支・援・感・謝」の四文字も進む

叶うなら震災前のあの庭で母と語らい草取りしたい

「花は咲く」の合唱聞けば悲しみは鮮度を増して濁流となる

待ち針の刺さりしままに残りおり逝きたる母の藍のワンピース

我よりも悲しみがまず目を覚ます雨のにおいで今日が始まる

ニニ・ロッソのトランペット曲集を独居の母が聴いていた日々

ミニチュアの献立メニューのコレクションをグランドピアノに並べいし母よ

真夜中の庭に見上げる天の川　夜汽車の音と潮騒きこゆ

倒れたる食器棚の陰に母は居りぬ　冷たくなりて十七日目の朝

記憶の庭

コスモスを活けて林檎をふたつ置く母の遺影は秋になりけり

四年前は我が庭なりし草むらに津波を知らぬ水仙ゆれる

夏草の茂みに分け入り躓きぬ見覚えのある庭の置き石

津波よりはや五回目の春は来ぬ　箪笥あければ母の香のする

山元町民の名を刻みたる慰霊碑にタクシーを待たせ母の名さがす

東京より慰霊に来れば家の庭に黄のブルドーザーうなだれてあり

線路消え草の道つづくこの辺りに常磐線山下駅の踏切ありき

海辺より内陸へ移りし常磐線山下駅の明るさ　かなし

ひとりでに鈴蘭ふえて揺れている六年過ぎしが記憶の庭に

仮埋葬の母の額の冷たさは我が左手に今も残りおり

母がいる　逝ったはずだよでもそっと抱きしめてみる　量感のこる

グーグルアースに幾度もさがす我が家あと見れば鼓動は激しくなるのに

生活の復興した人しない人おしなべて人は語らなくなり

五人《いったり》の家族帰らぬ男あり　かさ上げすみし堤防に雨

Ⅲ

癌病棟

裕子さん乳がん告知その時に夫が付き添う　なんて贅沢

癌病棟の広きロビーに七段の雛飾りあり華やぐ弥生

タスマニアへ行くはずだったこの日々を癌病棟にて夜景楽しむ

私が歌詠む人と知りしより主治医の表情優しくなりぬ

ひとつひとつ歌に詠めると思いたち高層の病棟くまなくめぐる

癌病棟の桃の節句の昼食は五目寿司、手毬麩、雛錦《ひなにしき》など

ベイエリアの夜景美しき癌病棟　未知の国へと誘われゆく

ベイエリアの夜景の見ゆる癌病棟ディズニーランドの花火があがる

術後二年検診へ向かう「ゆりかもめ」ビルの狭間に富士の春めく

転移なしと告げる外科医のうちとけて寺山修司へ話題は変わる

転移なく三年過ぎたるめでたさにパスポート十年更新をせり

リフォーム工事

リフォームの見積もりに来たる担当者は体育会系の美しき女《ひと》

一日中耳をつんざく音を立てタイルの風呂場は壊されていく

隣室の解体騒音こらえつつ澤地久枝著『石川節子　愛の永遠…』を読む

相模より一人で来たる職人は解体作業に昼食とらず

帰りぎわスマホ取り出し職人は生後三週間の娘を見せる

IV

響き

梅雨の夜の吹奏楽《ブラス》の響きにつつまれたその一瞬に神がおり来る

モーツァルト流れる朝のキッチンに廃品回収の声が割り込む

サルトルもニーチェもアマチュアピアニストかくれし音の詩人でありき

少年の奏でるシューベルト幻想曲　地上の苦しみが中和されゆく

ぬばたまの夜のあけるごと弾き始むピアノソナタ「悲愴」二楽章

山梨県警音楽隊は　♪「富士は日本一の山」奏す銀座の空に

古楽器のアンサンブルにただ独り緋色のシャツはチェンバロ奏者

ステージのお辞儀に見えし胸の谷間を「ある人は活用せねば」と友は囁く

毎夜毎夜オイゲン・キケロのジャズピアノ聴きいるうちに春来たるらし

昼寝どき子ひつじ園に流れてたクライスラーの「愛の悲しみ」

雨の夜に石畳を馬車が走り出す　K３１０ピアノソナタのはじまりは

ピアニスト　梯 剛之

梯剛之《たけし》氏のピアノレッスン聴講す暗き玄関に白杖ありぬ

ベートーヴェンを語り模範演奏する彼のビルの小さきレッスン室

わが生涯の忘れがたき日となりぬ　差し出されたる柔らかき掌

ヴィルサラーゼ　ピアノ公開講座

A列の二十五番で聴くソナタ雨夜のショパンに孤独深まる

暗譜せしスケルツォを聴く　靴の先ペダル踏むたびダイヤは光る

ヴィルサラーゼのモーツァルトを聴きたしと湯丈の浅き湯船で想う

Ｆ・ガボール氏　ピアノ演奏会

リスト「巡礼の年」全曲演奏会　三時間半を覚悟して行く

Ｆ・リスト賞受賞のガボールの演奏にリスト重なり鳥肌の立つ

♪「エステ荘の噴水」を関節のなきごとく弾く軽きタッチに淡き虹たつ

展覧会

春の夜の闇に巻貝蠢ける会員推挙の銅版画あり

画家に生き制作に悩み行き詰まり飲酒事故死もポロックらしき

神殿・機関車・骸骨・裸婦は冷ややかに画布に収まり明りが灯る

ポール・デルボー

鎧武者の小さきフィギュアよく見れば細かき脛毛の植えつけてあり

ポツン、ポツン雨つぶ跡の屋根の絵に平八郎は音を描きぬ

シャガールは僕たちと何かが違うと言った少年どこへ行ったの

連作のゴッホの〈向日葵〉を見ていしが「どれも怖い」とつぶやく声す

霧はれて東の空に浮かびおり山本二三《にぞう》の描きたる雲

青く澄む川に水草ゆうらりとオフェーリア浮いて流れてゆけり

音楽は音の詩、絵画は視覚の詩ホイッスラー展を出る　外は雪

「有元利夫、お好きですね」と声のして画廊店主は秘蔵画出せり

梅雨晴れの速水御舟展静かなり　止まらぬ赤子のしゃっくり聞こゆ

眼を黒にぐるりと囲み死の近きヘレン・シャルフベックは自画像描く

蟻あそぶ熊谷守一美術館　画家の弾きたるチェロ踊り場に

螺線二本破線三本遊ばせて熊谷守一は「夕空」描く

不安げな青年と思いし油彩画の題は「裸の少女の頭部」

さか道の藤田嗣治の巴里風景　路面電車がまもなく曲がる

まるまった蓮の葉に蟬とまらせた宮川香山の青磁の水盤

老欅の地表にうねる白き根へ山口華楊はみみずく止めき

ナビ派展の廊下より見下ろす中庭の薔薇園に降る通り雨

ナビ派展の色面分割想いつつ雨に打たれる薔薇園見下ろす

謎多き絵師不染鉄の「夕月夜」にパウル・クレーの天使が見える

陶芸家板谷波山の若き作　木彫「元禄美人像」に息を飲む

ルネ・マグリット

空は昼、地上に夜が降りてきてルネ・マグリットは街灯ともす

音もなく巨大な鳩は飛び立ちぬ暗き曇天あおぞらに変え

三人の男の想うそれぞれの三つの月は互いに見えず

無言館

友を待ち信濃デッサン館みしあとに前庭の落ちたる胡桃を拾う

戦死せし小野春男の茄子の絵に父、竹喬の面影さがす

バベルの塔

コロッセオを眺め見上げしブリューゲル「バベルの塔」のディテール固めき

ブリューゲルの「バベルの塔」に働くは千四百人高さ五百十メートルらし

アルチンボルド展

花、野菜に埋もれた中より目がのぞく奇想画求め夜もにぎわう

精密に描ける花の集積が離れてみれば肖像画なり

奇想画家アルチンボルド展見しあとの心を冷ます夜の美術館

写生

布の上に隼人瓜三つ配置して四日過ぎたり　写生は途中

「写生とは絵になるものを探す手段」と竹内栖鳳　絵に歌ちかし

デッサンの基本のごとく光、影、反射を見せる球体月食

写実とは砂粒ひとつ花ひとつに小さな神を見つけだすこと

V

ステアリング

山々が間近に迫る常磐道どこまで行けど初めての道

追い越しし軽トラックの窓越しに「関東マップル」の表紙見えたり

山茶花の切り揃えたる生け垣はうまくいくよと車窓に流る

闇に浮くテールランプのデザインを比べてしのぐながき渋滞

山の地図

病癒えて梅雨のあいまの山行は靴に弁当に赤とんぼ舞う

「ほんとうの空がない」という碑の上のほんとうの空みわたしてみる

山脈に山脈かさなる谷間より雲の赤ん坊ほんわり生まれる

倒木も岩も大地も苔を纏い息を潜めて誰か待つらし

山ふかく倒れて朽ちていく樹々を見守りながら命終える樹

大空へまっすぐ伸びる米栂は爪先立ちで立っておりたり

天鵞絨の輝く苔に覆われて眠れよ大地　月光受けて

一本橋流されており引き返す紅葉の山にまた抱かれゆく

一歩ずつ確かめながら登る山マニキュアの色新しくして

山頂にビュンと風切る羽音あり　弁当のさつま揚げ箸より消える

「さあ次はデザート出るか」と皆で待つ月例登山の狭き陽だまり

地図上のダイヤのシールはこれまでに我の登りし山の数々

満天の星のごとくに増えていく登りし山を地図に刻みて

登山靴

登山靴にザックを背負い自宅辺の落ち葉掃きたり出発の夜明け

幅せまき馬の背を行く足もとに筆竜胆は踏まれずに咲く

蛭《ひる》ヶ岳下りて来たり四尾連《しびれ》湖にスワンボートの砂に埋もれる

尾根道を行けばさ霧の深くなり墨絵のごとき林あらわる

吉田口登山道くだる　大恐竜骨格標本のごとき倒木

小雪舞う高川山の山頂より雲間に見ゆる富士の脇腹

鍛えたる筋肉のごとき色と艶を触れつつ登るヒメシャラの樹皮

五足めの新調したる登山靴　玄関へ来るたびまた履いてみる

櫛形山のクサタチバナの咲く路を千百メートル一気にくだる

湯につかり今日の登山を振り返る　どこかのラジオが小さく聞こゆ

一泊の山行のあさ熱下がらずザック背負うもキャンセル決める

見渡す地球

水仙の薫る公園　日本一の大観覧車から見渡す地球

若きらはイヤホーンして目をつむれり桜の下行く地下鉄車内は

真っ白きゴジラはむくむく立ち上がり機上の我を窓から覗く

朝廷へ献上の馬通りたる古代東山道に秋雨の降る

民宿のさみどりの湯につかりおり白川郷に雪ふりつづく

八丈島

八丈の我ひとりなる大浴場見知らぬ娘入りてきたり

村人と流人の力で築きたる玉石垣は驟雨に光る

ひさかたの見渡すかぎり雲の海　豆の木登ってジャックが来そう

奈良

聖林寺十一面観音の声聴こえ桜井駅にバスを待ちおり

薄暗き御堂の中に我ひとり十一面をしげしげ仰ぐ

ウォーリーと名を呼ばるればゆったりと群れの中より大鹿出で来ぬ

長谷寺の椿のお守り楚々として縁結びなり買わずに過ぎる

＊

野生馬の群れに行く手をふさがれて車内に大きな歓声響く

道端に小さき墓標連なれり砂漠貫くアメリカン・ハイウェー

通過順の指示を待ちいる船の上パナマ運河の幅の狭さよ

分け入ればパナマの森にナマケモノ高き葉陰にぶら下がりおり

インド

インドＶＩＳＡ申請書には亡き両親の国籍を問う記入欄あり

夜明け前たき火を囲む人々の布をかぶりて動かざる影

妹にでんぐり返りの芸をさせ太鼓の兄はルピーをねだる

幼き子手足欠く者もの乞いの生受けし者路上に眠る

両足の萎えたる少年地を這いて物乞い続く夜の雑踏

念願のベナレスに立てり　早朝のガンジス川は白く漂う

少年より買いたる花と蠟燭をガンジス川の淀みに流す

スンニ派のガイドにシーア派との違いを問えば突如目を剝く

横たわり布に包まれたる人型のもの見かけたり目覚めぬ町に

ベトナム

機内にて泣き止まぬ子　沖縄戦に口ふさがれし赤子を想う

大声に泣いて眠って泣き叫ぶ児と六時間　ホーチミンに着く

統一会堂

突入の戦車いまでも展示されサイゴン開放をリアルに見せる

途切れなきバイク、車をかき分けて道路は渡る気を強くして

甲高きベトナム語の歌の大音響　深夜まで聴こゆホテルの窓に

ＯＤＡに大成建設のつくりたる道路走れば我にすら誇り

成績のふるわぬ学徒には徴兵の制度あるらし無給と聞きぬ

朝より警笛響くフエの街　椋鳥の声にベランダへ出る

フランスがエッフェル塔を材料に作りし鉄橋　車窓に消える

蟬の姿

ホシハジロ、キンクロハジロの群れ浮きて東京港は冷え冷えとある

猫のこえ籠より漏れてゆき過ぎぬ動物病院あたりに住めば

幾重にもかぶさる蔦の暗がりに命を終える蟬と眼があう

葉の陰に命を終えるときを待つ蟬の姿はわれかもしれぬ

上演中のマリオネット舞台に迷い込み視線集める生きてる子猫

乗馬クラブ

何を想うダンスという名の黒馬は壁に向かいて今日も佇む

呼びかけを二か月続け黒馬は額を我にすり寄せて来ぬ

左目の見えざるゆえか左より寄り来る人の腕をかむ癖

外側へ馬脚をまわし歩む癖　蹄の音におまえとわかる

騎乗後に馬へ真水を与えどもスポーツドリンク覚えて拒む

菩薩立像

巨木オリーブ網に覆われ揺れており菩薩立像悩めるごとし

東風吹きて枝垂るる枝に五つ六つ和菓子のごとき花ならびおり

坊主頭の蕾が裂けて明かされる神が決めたるポピーの秘密

今年また桜は腕を伸ばしたり千鳥ヶ淵の水面触れんと

伸びすぎのパンジーを摘み水揚げす　キッチンの小瓶にまだまだ生きよ

新しき己になりたしと思わねど独り見上ぐる雨の夜桜

白杖の夫を支えて歩む妻さくら舞う坂ゆっくりくだる

整然と山の斜面に無縁墓地しだれ桜の並木は若し

地を染めて桜吹雪はあがりたり労いこめて老木仰ぐ

満開のジャスミン香る生け垣の東の空に浮く朧月

縁石の細き隙間に根をのばす爪草の花の白のゆたかさ

生け垣のジャスミンの花がら散りやまず悲しみ積もる母の日のころ

桃色の光

立浪草いくえにも寄する小さき波の波のむこうに小さき富士山

この夏もきれいに咲けと芽切りする三代目なる朝顔の種

栃ノ心二敗のテレビ聴きながら朝顔の種芽切りしており

鉢に咲く桔梗をかいてあげようと待たせるうちにもう萎れたり

朝顔の蔓がネットを登りゆく　蟻はちょろちょろ急いで降りる

ジャングルの如きを見下ろすティールームこの隠れ処に「短歌人」読む

月知るや芒と荻の性質をグループ組むもの個に生くるもの

咲きつづく桃色ばかりの朝顔を朝飯前にうきうき数う

ほんのりと磨りガラス越し桃色の光ゆれおり　旅立ちの朝

十月の空に朝顔咲きつづく千七百も数えてきたり

朝顔の種子採り終えしプランターに水仙球根十個潜らす

跋

生の活気あふれて

小池　光

山田泉さんが「短歌人」に入会されたのは二〇一五年というからまだ日はいくらも経ってない。毎月、きれいにパソコンで清書された歌稿をわたしのところに送ってこられる。あるとき今度歌集を出しますから、と言われて、「あら、まあ」と少しおどろいたが、段取りは着々進んで、いつのまにかゲラ刷りが送られてきた。それでここに跋文のようなものを書くのである。

あとがきを読むと母上が短歌が好きだったようである。それに引かれるように若い頃から短歌らしきものを綴るようになった。「短歌人」に入会する前から、時にふれては短歌を作り、その数すでに千四百首というから、歌集を編んでもふしぎはないのである。

美術大学を卒業して、都内の公立小学校で図工の専科教諭として三十年勤務した。わたしなどが小学生だったころは、この「専科」の先生というものがおらず、図工も音楽もみな担任の先生に教わったと思うが、その後専門性の高い教科については、専科の先生が置かれるようになった。子供たちの描く絵などときにすばらしいものがあり、見て見飽きることのないものだが、山田泉さんはその先生を務めて来た。

小学校の先生で歌を作る人はべつだん珍しくないが、「図工専科」の先生はめずらしい。少し歌を見る。

忘れられぬ最初と最後の勤務校は大東京に姿を消しぬ

少子化によって、また都市のいわゆるドーナツ化によって、都心の学校は来る生徒が少なくなり、やがて統合、廃校になるケースが少なくない。母校がなくなるのはかなしいことだが、事情を知ればやむを得ないのである。最初の勤務校と、最後の勤務校がどちらも廃校になった。その心境いかばかりと思うが、事実だけを述べるにとどめ、この歌など印象的である。「大東京」の「大」が生きている。この世界に冠たる大都市東京に、内側からなにかが崩れようとしている。

布の上に隼人瓜三つ配置して四日過ぎたり　写生は途中
鉢に咲く桔梗をかいてあげようと待たせるうちにもう萎れたり

学校の専科教師であることにとどまらず、勤務終えればじぶんの作品を描く。作品を集めて個展も開く。山田泉さんは画家でもあるのである。この歌集の装丁は、自作の絵を用いるという話だから、どういうカバーになるか楽しみだ。

自室のテーブルの上に隼人瓜を置いてデッサンをする。四日たっても完成しない。次の歌は「かいてあげよう」というところがいい。きみがあまりにすてきだから、描いてあげるのである。でも、どんどん時間は苛酷に過ぎて、すてきな桔梗の花は萎れてしまった。ちょっとユーモラスなところがあって、いい歌になった。山田さんの歌はこのように、なにを歌っても明るく、向日性のところがよい。短歌の定番である、嘆き、かなしみ、苦悩の気配が少ない。たとえどんな困難、苦難、悲劇があろうとも、だ。

待ち針の刺さりしままに残りおり逝きたる母の藍のワンピース

コスモスを活けて林檎をふたつ置く母の遺影は秋になりけり

この前の東日本大震災の大津波で、母を喪う。宮城県の山元町というところに母は住んでいて、大津波の直撃を受けたのである。大震災の歌はたくさん作られ、発表されたが、自身が直接の被害を受けた歌は多くはなく、まして肉親を喪った歌は少ないが、山田泉さんはその少ない一人だった。わたしは、宮城県の船岡というところで育ち、山を一つ越せば山元町の海に出るから、ふしぎな暗合を感ずる。縫いかけのワンピースを残して犠牲になった母。「待ち針の刺さりしままに」という具体性が強く、次もふたつの林檎がまた具体的でいい。絵を描く人のまなざしが感じられる。

船上にドボルザークの「新世界より」をながし母の望みし散骨をせり

その母をこうやって葬った。海に散骨するとき音楽を流すことをはじめて知った。きっと生前故人が好んだ音楽だったのだろう。意外な楽曲が出てきてはっとした。

また、母を喪っただけでなく、じぶんも病を得る。

タスマニアへ行くはずだったこの日々を癌病棟にて夜景楽しむ
転移なしと告げる外科医のうちとけて寺山修司に話題は変わる

癌病棟に入院の日々。だれがそこからの夜景を「楽しむ」と歌えるだろう。初期に発見された癌だったと言ってしまえばそれまでだが。次の歌は「うちとけて」がいい。転移がないと言われてほっとした。告げるお医者さんもほっとしたことだろう。文学、芸術にアンテナのある若き医師。たちまち寺山修司の話などふたりは語り合うのである。

歌を詠みコーラス楽しむ我となり「おや、まあ。」という天の声聴こゆ
立ちながら朝食をとる作業員　春雨けむるコンビニの外
赤ちゃんを誉めればカメラ頼まれて見知らぬ家族を笑顔にうつす

梅雨晴れの速見御舟展静かなり　止まぬ赤子のしゃっくり聞こゆ

ＯＤＡに大成建設のつくりたる道路走れば我にすら誇り

こんな歌にそれぞれわたしは魅かれるものがあり、それを書くことができるが、あまり長くなってもいけないから読者各位の鑑賞に委ねよう。美術を愛し、音楽にも素養教養がふかく、文学に親しんで短歌も作る。海外にもしばしば出掛けて、登山もする。生の活気をまなこパチパチするほど存分に見せて、山田泉さんの最初の歌集はここにできあがる。

おめでとう。

あとがき

『乾いたパレット』は私の第一歌集です。

二〇〇四年からぽつりぽつりと作り始め、二〇一八年前半までに作った、千四百首の中から三百三十八首をおさめました。

当時、私は東京都公立小学校の図工専科として勤務する傍ら、自宅では展覧会、個展にむけて夜に絵画制作をするというハードな生活を三十年続けておりました。

短歌好きだった母の影響を受けて、新聞歌壇の歌の感想を母と語りあったり、忙しい出勤の朝に、母へ伝えたい事やその日の気分を適当に五七五七七の調子でメモ書きし、卓上へ置いて出かけたことが、短歌作りの最初の入り口だったのかもしれません。

それから年月が流れ、私は退職し、その後におきた東日本大震災による母の没後、遺品整理をしていたらだいぶ昔に私の書いた短歌風メモ書きが、母のノートに挟んであるのを見つけました。

小学生のころから絵が好きで将来は美大へ行って美術に関係する仕事をしようと自分で決めていました。両親はそれを認めたうえで、三人の子どもそれぞれに音楽を、姉はバイオリン、私はピアノ、弟には歌を、大変立派な先生方につけました。昭和後期から令和の時代ならば特別珍しいことではありませんが、とりわけ裕福な家庭でもないうえに、終戦後、昭和三十五年ごろからの話です。

姉、弟は今どう思っているか知りませんが、私は通う学校とは別サイドで東京音楽大学（当時の名称は東洋音楽大学）の武澤武ピアノ科主任教授（当時）に、中学から美大卒業近くまで師事できたことは、いつも練習不足で不出来の生徒であった私には、もったいないほどの幸運であったと後になってつくづく思います。

お陰様で才能は全くなくとも心からピアノが好きになり、嫌なことがあった日でも、コンサートへいけば至福の時にいれかわるビタミン剤のような「魔法の妙薬」を手に入れました。

私の短歌の裏にはこの「魔法の妙薬」が隠れているような気がします。

短歌の道へ分け入ってみようかと気持ちがピクリと動いたのは、初めて投稿した毎日歌壇にご存命であった河野裕子選で載ったこともきっかけの一つです。

素人が自由に作った歌に注目してくださったことが嬉しく河野裕子氏の本を書き写したのも懐かしい思い出です。

歌を詠むことの意味について気付かされたのは、二〇一一年の東日本大震災の実体験を避けては通れません。

元気で面白かった母と、これまで展覧会で発表してきた大型の多くの絵画と、就職して初めての賞与で買った中古のヤマハ・グランドピアノ（アントニン・レーモンド氏デザインの赤いマホガニーの希少モデルらしい）を大津波ですべてを失いました。

大きな悲しみと苦しみと、ぽっかりとあいた心の空洞、無念さはありましたが、少しずつ歌に詠むことで自分を立て直し、不思議なエネルギーとなりました。

その後は、物ごとの捉え方や考え方に多少とも冷静さと客観性がもたらされたように思います。


二〇一五年に短歌人会に入会し、歌の選は小池光氏にお願いしました。

このころから実作の数も徐々に増えていきました。

歌集はテーマに沿って、ほぼ詠んだ年代順に配置しました。

私が歌を作り始めたのは五十代半ばで「退職短歌」に近く、拙い歌がならび、決して満足しているわけではありませんが、まずこの辺りで一区切りしてみようと思いました。

共感していただける方がおひとりでもいらしたらとても嬉しく思います。

歌集にまとめるについては、小池光氏よりお忙しいなか丁寧なご教示と、跋文を頂きました。心よりお礼申し上げます。

また、これまでにお世話になりました、奥田亡羊氏、「すずめの子短歌会」の藤島秀憲氏と短歌会の皆様、あたたかく支えていただきありがとうございました。

そして貴重な時間を頂きここまで読んで下さった「短歌人」会の皆様、まだお目にかかったことのない読者の皆様、ありがとうございました。

図工の授業では工夫いっぱいの素敵な作品を作り、絵や工作の感想を呟いてくれた小さな生徒だった皆さんにも、感謝をしたいと思います。いつまで忘れません。

歌集出版に際し適切なアドバイスを下さった六花書林の宇田川寛之様、鶴田伊津様、装幀におつきあい下さった真田幸治様に厚くお礼申し上げます。

二〇一九年八月

山田　泉

著者略歴

1949年、東京都生まれ。
女子美術大学芸術学部卒。
東京都公立小学校図工専科30年勤務。
この間、絵画制作、毎年発表、個展3回。
退職後、2015年「短歌人」入会。

乾いたパレット

2019年10月19日 初版発行

著　者──山田　泉

発行者──宇田川寛之

発行所──六花書林
〒170-0005
東京都豊島区南大塚3-24-10-1A
電 話 03-5949-6307
FAX 03-6912-7595

発売──開発社
〒103-0023
東京都中央区日本橋本町1-4-9　ミヤギ日本橋ビル8階
電 話 03-5205-0211
FAX 03-5205-2516

印刷──相良整版印刷

製本──武蔵製本

© Izumi Yamada 2019 Printed in Japan
ISBN978-4-907891-89-3 C0092